RICHARD LEISING

GEBROCHEN DEUTSCH. GEDICHTE

Langewiesche-Brandt

VOM SCHNELLEN MANN

Karl Kahn weg.
Geschwinder Mann und
Sonstwo. Er ist
Nirgends, also kann
Kahn nicht gegangen sein, aber
Er ist doch weg
Gegangen, denn seht
Ihr unter euch noch K. Kahn?
Nein, nicht hier, ja
Die schnellen Männer. Wohin
Kann ein Karl K. schon
Hin gehen? der kann
Nur fort gehen euch, ruft
Nicht. Er ist euch
Hin.

DIE GROSSVÄTER, DER VATER

Richard

Fünfzig Jahre in der Schmiede keine
Große Wunde je und jetzt der Unfall
Durch den kleinen Finger zischt die Säge
Und der alte Herr ruft seine Tochter

Nimm so spricht er nun die Schere schneide
Beiß die Zähne zammen! diese Sehne
Ab mit diesem Finger der da hanget
Meine Mutter tut es sieht nicht hin

August

Ziegler in Westfalen sieben Kinder
Keinen Pfennig und er kauft das Haus
Schulden über Schulden nur dass Raum sei
Gut dass manches Balg stirbt? dann stirbt er

Seine Kinder dann wann ihre Zeit war
Vielfach Enkel doch die Kate leer
Erbschaft steht ins Haus DM achttausend
Enkel Richard saust zum Intershop

Wilhelm

Seine Stadt besucht die wache Sächsin
Schrift beherrscht er kaum er reist ihr nach
Dass kein Brief verderbe seine Werbung
Nun die Gattin bessert ihn mit Macht

Führt sie liebevoll die schwere Hand ihm
Führung will er nicht er will nur sie
Macht kam braun genug der er entging
Er der nie schrieb ich der manches schrieb:

Nur noch ich bin was mir von dir blieb.

MEIN FRÜHJAHR (1967)

Der Krokus, die gelben Büsche, die
Veteranenstraße, da
Radelt ein junger Mensch
Sitzend! hinauf! Heine zuwinkend! ich kaufe ein
Altes hölzern Gewürzschränkchen und
Ich werde durchleuchtet, ja
Ich bin
Ein Tbc-freier Bestandteil der Hauptstadt Berlin, DDR
Da stoße ich an
Mit mir in der Kneipe Pilsator, Neuentdeckung mal
Merken für Detlev, Horst, Klaus, die guten
Freunde die ich hab in diesem Herzen voll
Fröhlicher Kälte

Und dieses Land darin ich leben will
Aber muss

Und die mich lustig macht, jene
Diese da, ja
Die.

STAMMTISCH

Die Güte ihres alten Gesichts ertrage ich
Nur durch die List der Augen, das Lachen
Die Haut eines jungen Mädchens
Wie ich mich daran erinnere. Sie sagt
Junger Mann (das mir!) ich bin eingeladen
Zu Kaffee, Kuchen und Tratsch, ich brauche was
Festes vorher, Bier und Bockwurst, Herr Ober!
Einen Schnaps schlägt sie nicht ab. Sie sagt
Auf Ihr Wohl, ich kann nicht klagen, wissen Sie
Ich kann einfach nicht klagen. Ich lebe
Nicht um zu jammern, es ist sinnlos
Etwas zu tun, es ist sinnloser
Nichts zu tun. Man sagt, die Zeit vergehe
Lüge! sagt sie. Meine Zeit vergeht.

HERZ 1984

Das geht jetzt fünfzig Jahre
Dass dieser Muskel pumpt
Vertan und wunderbare
Berufen und verlumpt

Verengt in den Geädern
Durch Nikotin und Nacht
Besetzt von allen Vätern
Entglitten jeder Macht

Behängt mit fahlen Bändern
Kühl wie sommers der Wald
Kommt Schnee, wird es ändern
Sein Wesen und Gestalt.

HERNACH

Dunkelbunter, du mein Nachmittag
Siehe
Hin wie schön ist der Abend, und die Nacht
Wie nahe.

Für Kristof Wachinger

HOMO SAPIENS

Der Mensch lebt nicht vom Brot allein
Er will auch sein Rettich und Eisbein.

Unsertäglichbrot genügt ihm nich
Er will auch einen Brotaufstrich.

Von der Wiege bis zum Sarg
Einmal in der Woche Quark.

Mein Herr, wie wünschen Sie Ihr Ei?
Mein Herr, ich will zwei.

Der Mensch braucht seine Freunde schier
Da schuf der Mensch Bier.

Käse muss auch sein
Der Mensch lebt nicht vom Brot allein.

Er braucht fürs Leben ein Ideal
Etwa drei- bis viermal.

Zu einem richtigen Arbeiterstaat
Gehört ein richtiger Kartoffelsalat.

Vom niedrigen Materialismus weg!
Man würzt seinen Senf mit Speck.

Der Mensch lebt nicht vom Brot allein
Aber es muss da sein.

KÜSTE

Wind und Himmel, ja, Weite, aber
Das Wasser hält keine Spuren

Ich werde zurückgehen ins Land

Meine Kraft reicht nicht zum Verzichten
Aus, nur zu Versuchen noch; und das Land
Antwortet vielleicht, wie die See
Dem Himmel auch?

Es ist nicht so, dass ich schweige
Ich kann nur nicht sprechen

Geh zurück ins Land

Die nicht versunkenen Städte, die auftauchenden
Die Weite: jetzt des Weges, das Feuer
Die Schlacke, und die Flüsse.

VOM ALTEN WEIB

1

Das alte Weib redet wie ein altes Weib quäkend
Wenn das alte Weib wie ein altes Weib schrill
Auf uns einredet und das alles
Besser weiß dann wissen wir besser
Nicht dass das alte Weib
Ein altes Weib ist.

2

Die größte Freude des alten Weibes ist Misstrauen
Was gemacht worden ist hat das alte Weib gemacht
Welches ein altes Weib ist
Und alles Nichtgemachte weil es nicht gemacht worden ist
Vom alten Weib
Es darf nicht ein altes Weib genannt werden das alte Weib
Weil man das nicht sagt zu einem alten Weib und wer das sagt
Muss die Folgen tragen weil er das gesagt hat über
Es.

3

Das alte Weib hasst Ratschläge und erteilt sie
Es macht
Kniebeugen damit es ein gesundes altes Weib
Bleibt das alte Weib
Liebt Bilderrahmenmacher und Koloristen grauer Fotos
und meint
Ohne es wäre hier alles anders und hat recht
Damit.

4
Was wollte ich sagen?

5
Nichts gegen dich, Mutter, kein Wort
Clara, gegen Sie oder Helene, nichts
Gegen die alten Frauen.

Einem alten Mann zugedacht, 1962 und 1989

BANKETT

da stehen Die da und stehen da Die saufen
den Sekt des volkes Diese
Fressen
aus der hand ihm
den Caviar

KNALL UND FALL

Ja es wird mich schon verschonen
Und ich komme noch herum
Stehn wird bleiben wo wir wohnen
Andrer Leute Auge bricht
Wenn die großen Waffen kämen
Fiele neben mir der um
Wenn sie kämen und sie nähmen
Mich ins Ziel: Ich wär es nicht

Rohr das sie ins Dunkel recken
Ist genau auf mich gestellt
Einen werden sie hinstrecken
Das bin ich der Menschensohn
Und ich werde brennend sinken
Eine Flamme so erhellt
Meine Feuerhände winken
Euch ins Licht: Da seid ihr schon

BODDEN

Wenn das Eis in den Bodden kommt
Kommen die Schwäne in den Bodden

Dann hocken sie auf dem letzten Wasser
Dann zieht das Eis Kreise um sie
Dann frieren die Kreise zu
Dann machen sie schlapp
Dann sterben sie
Schnell

Dann kommen neue

Dann kann man hingehen
Dann kann man sich einen Schwan greifen
Dann kann man ihn in die Waschküche schleifen
Dann kann man das Wasser in die Wanne schütten
Dann kann man ihn hineinsetzen

Dann kann man ein Feuer machen
Dann kann man das Wasser anwärmen
Dann kann man ihm zu fressen geben

Dann kann man ihm zu fressen geben
Dann kann man ihm Fische und Brot geben
Dann frisst er nicht
Dann kann man ihm Fische und Brot geben

Dann kann man ihm Pudding und Kirschen geben
Dann kann man ihm was man hat geben
Dann frisst er nicht
Dann kann man ihm gute Worte geben

Dann frisst er nicht

Dann wird sein Hals dürr
Dann kann man zusehen wie sein Hals dürr wird
Dann kann man zusehen wie sein Hals gelb wird
Dann schnieft er nicht mehr beim Näherkommen
Dann wartet er auf was
Dann kackt er das Wasser grün
Dann kippt sein Hals über den Wannenrand
Dann verreckt er
Dann muss man ihn herausnehmen
Dann muss man ihm die Daunen herausreißen
Dann muss man ihn in die Grube schmeißen

Dann muss man sich die Hände waschen.

VOM MINIMUM

Noch ist der Tag nichts als ein klammes Niemandsland zwischen
Osten und Erde, doch flugs wird der Habenichts lauthals
gerühmt von
Tausenden Vögeln! Auch wo der Himmel verbaut ist, etwa in
Leipzig, es reicht, dass sie da sind – und? Sie lassen sich hören!
Irgendwas braucht bloß Baum zu sein neben den Steinen,
gleich gehts
Rund! Ein Achtel Grün, und sofort die besondere Leistung, ja
Schon auf fraglich bequemen Dachfirsten haben sie Töne!

SEPTEMBER 1973, FEBRUAR 1986

Du bist nicht da
Aber ich sehe dich nicht kommen
Die Züge, die Autos, die Straßenbahnen
Leer

Die Straße ist es

Würdest du festgehalten irgendwo
Du rissest dich los, brächest
Aus zu mir, von weitem
Wüsste ich, du kommst

Nichts weiß ich, nichts kommt

Was bleibt mir als zu denken
All mein Gedanken, die ich hab
Die denken, du bist tot

Mehr nicht denken
Das bleibt mir

Und wird kein Traum sein
In dem du nicht da bist
Aber da ist kein Traum

DIE JÄGER

Wann, wann endet, ach wann
Das Krähen der Verleugnung
Und das Flüstern der Silberlinge?

Wer, wer wird es sein, wer
Der mich anzeigt
Du oder der
Wer.

Die Ermächtigten versammeln sich
Der Name wird fallengelassen
Die Zeit wird bestimmt.

Eure Macht über mich, das ist eure Macht über mich
Das ist sie.

Wenn ihr mich aufgetrieben habt
Wenn ihr mich habt
Dann tut das eure
Nur schlagt mich nicht
Nicht.

Solltest, Bruder, du mich verraten
In deiner Folter
So jammerst du mich

Die aber preisgeben ohne die Folter

Die aber preisgeben ohne Not
Die werden ausgestoßen sein

Und da werden viele ausgestoßen sein

Auch ich?

DIE SCHÜSSE

1

Frankfurt Oder Wannsee
Wo bleibt Körners wilde verwegene Schar
Die Wahrheit ist dass mir auf Erden
Nicht zu helfen war.

2

Von allen Worten die letzten
Genosse Regierung
mein Leichnam:
Hier!
Ich will den bleiernen Schlusspunkt setzen
Rede
Genosse Mauser
zu mir.

3

Und nicht auf den grünen Hügeln
Und nicht im Männerdunst des Bürgerkriegs
Und nicht durch den Stier und im Grappa nicht
Und nicht in dem dunklen Meer

Wo denn sterb ich, und wie? und wie lange.

4

5

usf.

ESSE

Kletter ich den heißen Schornstein hoch
Stieg um Stiege eisern an den Ziegeln
Klimm ich auf zum Tode mich zu werfen
In Fabrikhof runter und zerstieben
Krieg zu tun hier oben mit der Angst ich
Ruf um Hilfe wimmernd mit Sirenen
Kommt die Feuerwehr auf schräger Leiter
Steig ich rückwärts wieder ab ins Leben.

HARRY HEINE

So lange bleib ich, wie wir bleiben werden
Was wir ja bleiben sollen: Molke unterm Rahm.
Ich bin der Quirl! ich bin das Schwert, die Flamme
Aus Satans Herd, darein ich Gott verdamme
Samt allen andern Herren seiner Erden
Samt ihren Spitzeln, Schlägern, Brotgelehrten:
Ich rief den Teufel und er kam.

ARBEITSESSEN

1 Wodka Stolitschnaja
. . . verliehen der Hoffnung Ausdruck

2 Spargelbouillon auf Schinken Bayonne
. . . maßen größte Bedeutung bei

3 Antarktische Caviar-Sahne, Garnitur gebackene Muschel
. . . vertraten die Auffassung

4 Würzburger Steinmantel, Trockenbeerenauslese, 1979
. . . vertraten einhellig die Auffassung

5 Wildpâté zu Bagnetten und normannischer Butter
. . . gaben zu verstehen

6 Assmannshäuser Höllenberg, Spätburgunder, 1982
. . . unterstrichen die Notwendigkeit

7 Belgisches Käse-Carrousel zu geeister Melone
. . . bekundeten ihre Genugtuung

8 Champagner Dom Pérignon, Vintage, 1982
. . . waren sich zutiefst einig

9 Mocca, Schweizer Confect
. . . verabschiedeten übereinstimmend

10 Cognac Club de Rémy Martin, Cigarren Davidoff,
Mouton Cadet

HAUCH

Nun kommt der leichte Wind
Der am Abend kommt
Wovon kommt er wohl
Der am Abend kommt?

Der sich so sacht erhoben hat
Wovon kommt er wohl?
Am Baum bewegt sich jedes Blatt
Davon kommt er wohl.

MULACKSTRASSE

Der Kohlenträger hat bis in den Hals gelbes Haar, das
vom Kohlendreck schwarz war.
Der Kohlenträger ist mit einem Tafelwagen gekommen, er
hat niemand andern zum Ziehen mitgenommen.
Er hat ein Lederkoller umgebunden, das ist an Rücken
und Schultern abgeschunden.
Er hat in Holzkiepen, halb so hoch wie er und doppelt
so breit, Briketts geschichtet, sechzig ungefähr.
Der Kohlenträger hat auf den Wagen etwa dreißig Kiepen
gestellt und so aneinandergelehnt, dass keine herunterfällt.
Der Wagen mit den Kiepen mit den Kohlen fährt vor
das Haus; der Kohlenträger klingelt. Ein Mann sieht
zum Fenster raus.
Dieser Mann ist der Kohlenbesteller, er kommt herunter
und zeigt dem Kohlenträger den Keller.
Jetzt hat der Kohlenträger eine Kiepe gedreht, dass er
mit seinem Rücken genau vor ihr steht.
Er hakt in die Kiepe ein Lederband, legt es über die Schulter
und wickelt es um die Hand.
Der Kohlenträger beginnt sein Kreuz gegen die Kiepe zu
drücken, dann bückt er sich, dann steigt sie auf seinen Rücken.
Dreißigmal schiebt die Kiepe den Kohlenträger ins Haus;
der Keller hat elf Stufen hinein und elf heraus.
Der Kohlenträger kommt wieder ans Tageslicht, er hat
eine schwarze Maske vor dem Gesicht.
Er setzt die Kiepen auf den Wagen, steht noch zwei Minuten
hier und trinkt eine Fasche Bier.

DER SIEG

Das ist der Sieg: Lautsprecher! Organ, machtvolles
Sprich uns über die Zeiten. Keine Wolke im Stadion
Ideale Bedingungen; diese Weiten, diese Höhen, viele
Im Faltenwurf des Rekords. Die Kugeln sind alle
Gestoßen, die Geher gekommen, einige Springer noch
Werden beworfen mit Speeren vom andern Ende des Felds
Worauf die Welt blickt. Wie ist die Zeit? Bestzeit
Ist ausgerufen ausdrücklich, auf drehenden Tafeln
Lichte Ergebnisse, die wie Schalmeien blitzen
In ein herrliches Publikum. Wir zählen eins zwei
Drei Podeste, aufs höchste klettert der Sieg, belaubt
Und ernsthaft; einige Kämpfe dauern noch an, Abend
Trifft schräg die Traversen. Ungültiger Sprung dort!
Zu den tiefern Podesten starten frisch die Niederlagen
Mit Blumen Mädchen tanzen über die Tartanbahn quer
Durch den Einlauf im Marathon, Herren in sportlichem
Anzug verhängen Medaillen. Erfrischungen, Andenken
Abzeichen, Gesundheit und Vaterland; mit schwerem Kranz
Dreht ein Läufer die ehrende Runde. Wer Sieger ist
Dessen Hymne wird gespielt und Fahne gehisst.

DER DUNKLE

Keine Hände meine Pranken haarig
Mein Brustkorb unsere Trommel
Breit geh ich über die Wipfel mein Boden
Leuchtend aus leerem Maul mein Gebiss gelb
Meine fliehende Stirn dahinter der Angriff
Mein Gemächt mächtig zeugend den Tod
Der Macht mein gieriges Ohr aufgetan
Ihrem letzten Schrei
Ich war ich bin ich werde sein der Untergrund
Mit meinem ungeheuer prachtvollen roten Arsch.

FAHRT

Entgegen den Wassern die kommen
Von Frankreich, und hinauf
Am gewundenen Strom. Krötenwanderung
Warnt das Verkehrsschild, doch kriecht kein Tier
(da es sich fängt in Netzen und getragen wird
über die Straße.) An den Hängen Namen
Berühmter Lagen, große Lettern, Ürzig
Lese ich, und Lay. Später, ach! in Bernkastel
Des Schlossbergs Spätlese grünlich
In der späten Sonne nun schon, und Rückfahrt.
Über Cochem ein Flammenkreuz aus Glühbirnen
Zündet das Abendlicht an, die Menschen unten
Antworten mit dem Abbild von Lampen
Auf ihrem Strom.
In den Schattentälern, was da noch aufblitzt –
Kleinste Feldchen sinds mit Rebstöcken
Alles bis zum spätesten durchdacht
Zum Sammeln der Sonne. Immer zufriedener
Brummt unser Motor über die ihm erwünschte
Länge noch seiner Fahrt, und neben uns
Der dunkle Fluss und, wie ich weiß, sein Geheimnis.

GESANG DER RUDERSKLAVEN BEI STURM

Es leidet, o Herr, deine Erde
An Untergehenden
Keinerlei Mangel! Noch kannst du wenden
Von uns dein Angesicht!
Was taugen wir angekettet der Welt auf dem Grunde des
  Wassers?
Ziehe du ab von uns
Deine sausende Hand, peitsche
Deine christliche See über andere Meere
Und lass uns leben, leben, leben, o Herr
Auf der Galeere!

NOCHMALS VOM SCHNELLEN MANN

Bevor er der Erde vergessen
Begegnete kurz noch Ferrér
Mir mit dem mittleren Aufenthalt hier
Mit dem sehr knappen Aufenthalt: er.
Der Mensch ist reichlich flüchtig.
Wie geht er denn? Er geht schnell.
Verschwindet bei jedem Wetter.
Wird es hell, ist er nicht mehr zur Stell.

Gewisse Männer, und jener
Sind weg wie sie kommen: geschwind
Stets ohne Ort und die Bärte noch flatternd
Wenn sie, Männer sie, schon nicht mehr sind.
Der Mensch ist reichlich flüchtig?
Wie geht er denn? Geht er schnell?
Verschwindet bei jedem Wetter?
Wird es hell, ist er nicht mehr zur Stell?

Es soll ihn haben gefressen
In Brest die Liebe oder Pest
Er hieß gezehret auf, das sei
Der Tod Ferrérs zu Brest.
Der Mensch sei reichlich flüchtig.
Wie er denn gehe? Schnell (gehe er).
Verschwinde bei jedem Wetter (Ferrér).
Sei es hell, sei er nicht mehr zur Stell.

Dieses Gewäsche, dass er jetzt aus ist!
Sondern! Er ist jetzt nicht mehr da!
Ferrér hat vielleicht einen Apfel gegessen!
Das ist alles, was geschah! Ja!
Lasst ihn sein doch reichlich flüchtig!
Hingehen ihn, und schnell!
Ihn verschwinden bei allen Wettern!
Wird es hell, ist er nicht mehr zur Stell? Well!

Envoy
Freuet euch doch eurer nahrhaften Landschaften.
Ein Mann ist weg. Ist gut.
Ach eure Denker! Es gibt nichts zu reden
Über was ein Mann mit sich tut.

KLEIN b

Ich zeugte mir den Vater, und er nahm mich
An Sohnes Statt. So waren wir verkabelt
Mehr auf Verderb als auf Gedeih. Entkam ich?
Der Alte hat sich von mir abgenabelt.

DER RABE, TRAGIKOMISCHE LEGENDE
(Nach Carlo Gozzi)

Der Bruder rettet den Bruder vor dem Irrsinn
Da gefriert der Retter zu Fels
(Oh Zauber, oh Rabe)
Es wird einer ausgesetzt versteint
In die Nachwelt
Unsterblich eine Hoffnung oder ein Gespött
Wissend er werde der Stein
Rettet Jennaro den Millo
(Oh Rabe, oh Welt, schwarze)
Aber gesagt ist auch, die Retter sind wie Fels
Aber vor dem Steinbruder irrsinnig wieder der Bruder:
Das Leben ist kein Leben, aber der Tod ist der Tod
Ich weiß keinen Weg, und den gehe ich.

Für Horst Hawemann, Berndt Renne,
Karl Friedrich Zimmermann

SHAKESPEARE, FÜNFTER AKT

Immer wieder aus allen Richtungen Gehetzte
Gesicht wie Maske weiß vor Angst atemlos
Verfolgte immer wieder wenig Bleibende treten
Auf sie zwischen Scheinwerfern und Brettern die bedeuten
Die Welt diese Hölle mit Himmel
Sagen ihr Wort der Teufel schlägt heulend den Orgelpunkt
Hinter sich Finsternis vor sich Nacht
Ehe sie fliehen weiter ihren Weg unbekannt endlos

ORION

Die Zeit wird dunkler, und die Schatten fallen
Des November, Held Orion kommt
Mit aufgerissnen Augen früher, später
Dem blanken Messer übern Horizont
Dann kommt der Schnee, dass der es still und hell hat
(An meine Fenster langt ein großes Dach)
Ich lösch die Lampe, Licht durchsucht mein Zimmer
In meinem Rücken steht die Winternacht.

ÜBER MITTAG (1960)

Über Mittag fuhr ein Lastenwagen
Voll von Särgen in die Menschenstadt
Leer der Schrein, in dem wir noch nicht lagen!
Aber dienstags mag er einen tragen
Der den Brettern zugesehen hat

Zwischen Fuhren, die wir alle kannten
Unter Frachten dreckig und erlaucht
Und es kam, dass wir den Namen nannten
Und wir sagten, wir sind einverstanden
Karrt herbei, was diese Stadt gebraucht.

GEGEN ABEND (1988)

Gut, so lasst uns jene Bretter fahren
Doch in ihnen hausen – ist es gut?
Jauche werden, die wir Tänzer waren
Und zu Aschenhalden aufgefahren
Unsrer Leiber nie gelöschte Glut?

Solchem Sinne war ich einst ergeben
In Bann! was mir mit einem Jenseits droht
Hier ist der Ort, hier war die Zeit gegeben
Einzig Sinn des Lebens ist zu leben
Sinnlos über alles war der Tod.

NACHT, LAND

Ich trete vor die Katentür, es ist die Ruhe ... Wovor.
Der feile Himmel ist gezeichnet
Vom Netzwerk des verfallenen Scheunendachs
Wolken drüberhin, aufgerieben vom Sturmschall
Der Düse, immer tiefer, da die Nacht steigt
Fällt durch die Sparren der Mond, die Scheune
Erntet ihn, Nacht, schlagartig hell
Jetzt dies Licht aus dem Fenster hinterrücks
Färbt ein Planquadrat Gras grün
Der Wald steht schwarz, schweigend
Entschlüssle ich die Funksprüche der Grillen.

ABENDLIED

Was geht da vor mir hin
Gen Abend lang und länger
Es ist mein schwarzer Sinn
Der wache Doppelgänger
Der geht da vor mir her
So leicht als ich bin schwer
Mein böser Bruder Sänger
Noch stummer als ich bin.

Für Renate

DIE BILDER

Die Bilder bleiben nicht, wir bleiben heiter
Ein letztlich heiteres Geschlecht, weil diese gehen
Bis wir nicht mehr sie selbst, nur ihr Verschwinden sehen.
Gut, dass sie fliehn. Wir können sie nicht fliehen
Ihr einziger Weg ist: Weg von uns; das treibt sie weiter
Als wir mit unsern aufgeschlagnen Knien
Jetzt gehen sollten. Schon geht wunderbar
Anstatt des Bilds sein schnelles Fliehn uns an, noch schneller
(Das Bild wird dunkler und der Blick wird heller)
Bleibt uns nur wunderbar noch, dass es war.
Gut, dass es schwindet! Anders schwänden wir
Vor unsern Bildern hin und wären nicht mehr hier.

8026 Ebenhausen bei München (Schäftlarn)
Bleisatz: Alwin Maisch, Gerlingen
Buchdruck: Verlagsdruck, Gerlingen
Bindearbeiten: Karl Dieringer, Gerlingen
ISBN 3-7846-0146-4. Printed in Germany